Para Balder

© 2022 Clavis Publishing Inc., New York

Título original: *Hop op zwemles*, publicado en Bélgica y los Países Bajos por Clavis Publishing, 2021.
Traducción del inglés al español por Deyanira Navarrete

Visítanos en la página web: www.clavis-publishing.com.

Hop aprende a nadar, escrito e ilustrado por Esther van den Berg

ISBN 978-1-60537-754-4

Este libro se imprimió en Octubre de 2022 en Nikara,
M. R. Štefánika 858/25, 963 01 Krupina, Eslovaquia.

Primera edición
10 9 8 7 6 5 4 3 2

Clavis Publishing apoya la Primera Enmienda y celebra el derecho a la lectura.

Esther van den Berg

Hop aprende a nadar

Clavis

NEW YORK

Todos los renacuajos del estanque ya crecieron
y se han convertido en ranitas salvajes.
Sólo a Hop le queda todavía una pequeña cola.
¡Le luce bien!

En medio de todo el chapoteo y los juegos,
a mamá se le ocurre una brillante idea:
—Ahora que la mayoría de ustedes ya no tienen su
cola, es hora de que aprendan a nadar correctamente.
¡Van a ir . . . a clase de natación!

Todas las ranitas se ponen sus flotadores.

Las patas delanteras de Hop todavía están un poco chiquitas.
Sólo sobresalen las yemas de sus dedos,
¡pero seguro que podrá mantenerse a flote!

Ahí está el sapo salvavidas.
—Pueden llamarme Sapo Salvavidas.

Sapo Salvavidas parece serio, pero luego ve a Hop.
Cuando sonríe ya no luce tan serio,
más bien se ve cariñoso. Ayuda a Hop a
ponerse un salvavidas que le queda mejor.
¡Upa, Hop! ¡Empecemos!

—Primero aprenderemos a flotar.
Las ranitas toman turnos flotando de espalda,
con sus barrigas hacia arriba.

—Casi lo tienes, Hop.
Ahora al revés.

Hop gira y da vueltas en el agua.
—¡Tranquilo, Hop! Lento y firme
—dice Sapo Salvavidas.

—¡Sí, así!
Hop todavía se tambalea un poco,
¡pero logra flotar!

—Ahora aprenderemos a patalear para mantenernos a flote en el agua.

Primero las ranitas practican con flotadores . . .

. . . y luego sin ellos.
Hop se hunde.
—¡Sigue pataleando!
—le grita Sapo Salvavidas.

Hop logra sacar la cabeza del agua, tosiendo, ¡pero sigue pataleando!

—Dejen los flotadores y síganme.
Nademos de espalda hacia el otro lado.
Sapo Salvavidas abre el camino,
y le sigue una ordenada fila de ranitas.

Hop se va por el camino equivocado,
¡pero encuentra una linda mariposa!

—La siguiente parte de la clase
es nadar bajo el agua.
Sumérjanse lo más que puedan y pasen
por en medio de los aros.

Mientras Hop se zambulle, ve una hermosa piedra.
Se la llevaré a mi mami, piensa.

Hop no se sumerge muy profundo,
¡pero pasa por el primer aro sin problemas!

—Ahora practicaremos estilo pecho.

—¡Rana! ¡Avión! ¡Lápiz! —grita Sapo Salvavidas
mientras muestra los movimientos—.
¡Naden ordenadamente dentro de
las dos líneas hacia el otro lado!

La cabeza de Hop lo entiende,
pero sus pies no, y se enredan en la línea.

Sapo Salvavidas desenreda a Hop y practica con él una vez más.
—Rana. Avión. Lápiz —¡Ahí va Hop!

Hop no avanza muy rápido, ¡pero llega al otro lado!

—¡Y ahora mi parte favorita!
—dice Sapo Salvavidas mientras posa
alegremente con su traje de cola larga—.
¡Nadar con ropa!

Una bruja, un tigre y un pirata son
los primeros en llegar al otro lado.

Hop llega en último lugar,
¡pero ofrece un gran espectáculo!

¡Qué divertido!
Sólo falta una parte más para poder
recibir sus diplomas de natación . . .

—Las ranas hacen hermosos saltos.
Veamos qué tan bien pueden saltar ustedes.
Hop elige el trampolín más bajo.

Qué extraño,
su trampolín
empieza a subir . . .

Oh, oh . . .

¡Hop salta desde el trampolín más alto
y realiza un salto de rana espectacular!
Ocurrió por accidente,
pero fue muy valiente al hacerlo.

—¡Una rana valiente como tú se merece un diploma de natación!
—dice Sapo Salvavidas—.
¡Buen trabajo, Hop! ¡Bien hecho!

Ahora que todas las ranitas
han aprendido a nadar,
la paz y tranquilidad ha
regresado al estanque.

¿Pero cuánto durará?

No mucho . . .

—¡BOMBA!

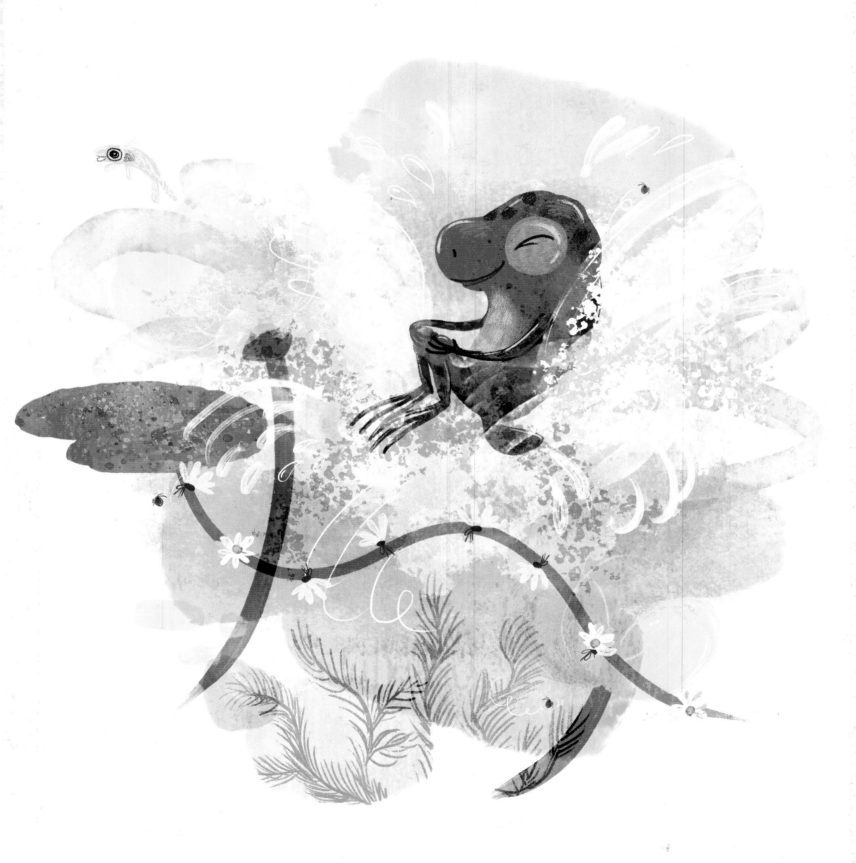